Friedl Hofbauer

Sagen aus Vorarlberg

Friedl Hofbauer

SAGEN aus Vorarlberg

Bilder von Dominic Groebner

öbv & hpt

.KUNST bundeskanzleramt Die Reihe „Sagen aus Österreich“ wird gefördert vom Bundeskanzleramt, Kunstsektion.

1. Auflage 2000 (1,00)

ISBN 3-209-**03129**-0
www.oebvhpt.at

Druck: Druckerei Theiss GmbH, A-9400 Wolfsberg
Papier: EOS federleicht 120 g

Inhalt

Das Walsermännlein und andere Butze

In Vorarlberg leben seit alten Zeiten allerlei merkwürdige Männlein und auch Weiblein, vom Walsermännlein bis zum Almbutz, vom Venedigermännchen und den Fenggen bis zum Drachenreiter.

Vom Walsermännchen wird berichtet, dass es sich gern in friedlichen Häusern einnistet, um dort Leute zu ärgern und Unfug zu stiften. Aus der Baader Chronik weiß man zum Beispiel, dass sich Ende 1772 in Straußberg, Pfarre Riezlern, ein Walsermännchen in das Haus der Witwe Katharina Elsäßerin geschlichen hat. Dort schmiss es die Milchschüssel um und spuckte ins Hafermus. Etwas später quartierte sich ein Walsermännchen in einem Bauernhaus ein, wo ein kleines Mädchen, ein Findelkind, von den Bauern liebevoll aufgezogen wurde. Das Walsermännchen kratzte und zwickte die Kleine, bis sie jämmerlich weinte. Das Kind konnte aber nicht sagen, was ihm fehlte, denn erstens war es noch zu klein, um vernünftig zu reden, und außerdem ist das Walsermännchen meistens unsichtbar. Es tobt im Haus herum, schmeißt mit Türen und Fensterläden, trampelt im Keller, pfeift und quietscht auf dem Dachboden – und man sieht es nicht! Immer wieder reißt es

Mägde nachts an den Zöpfen, die sie am Abend schön geflochten haben, und am Morgen sind dann die Haare so verwirrt, dass sie sie nicht mehr kämmen können und abschneiden müssen. Das alles war schon immer so, wenn ein Walsermännchen ins Haus zog.

Mitunter teilte das Walsermännchen Ohrfeigen aus, wenn Leute friedlich in der Stube beisammen saßen. Und weil es unsichtbar war, glaubte der Geohrfeigte, einer von den andern hätte ihn geschlagen, und es gab Streit und manchmal auch Prügel. Dann hopste das Walsermännchen vor Freude auf den Tisch und vom Tisch auf die Bank und weiter auf den Ofen und warf von dort den Wasserkrug herunter. Einmal blies es sogar ins Herdfeuer, dass beinahe ein Brand ausgebrochen wäre.

Manchmal, wenn auch ganz selten, lässt es sich sehen. So hat ein kleiner Bauernbub das Walsermännlein beobachtet, wie es Rossknödel in die Milchsuppe warf, die auf dem Herdrand brodelte. Der Bub hatte keine Angst vor dem Männlein, denn es sah gar nicht so böse aus, wie man ihm erzählt hatte, sondern es nickte dem Kind sogar freundlich zu.

„Was machst du da?“, fragte der Kleine das Männchen. „Warum schmeißt du Rossknödel in die Suppe?“

Da lachte das Walsermännchen so herzlich, dass der Bub es auf einmal gar nicht schlimm, sondern sogar lustig fand, wenn einer Rossknödel in die Milchsuppe wirft.

„Hör zu“, sagte das Walsermännchen, „irgendeinen Spaß muss ich doch haben. Soll ich lieber die Kühe beißen oder die Ziege den Berg hinunterschmeißen?“

„Nein, nein!“, rief der Bub, und da war das Männchen auch schon weg. Und als dann gleich darauf die Mutter kam und die Rossknödel in der Suppe schwimmen fand, wagte er nicht zu sagen, das Walsermännlein sei es gewesen, das die Suppe verdorben hätte. Er hatte plötzlich mehr Angst vor dem Männlein als vor seiner zornigen Mutter und brachte kein Wort heraus. Die Mutter hob schon die Hand, um ihr Kind zu schlagen – da funkelte es im Suppentopf. Die Rossknödel hatten sich in goldene Knödel verwandelt! Da wusste die Mutter sogleich, dass das Walsermännchen, das schon tagelang im Haus polterte, die Knödel in die Suppe geworfen hatte.

Der kleine Bub aber traute sich plötzlich wieder zu reden und sagte: „Ich hab das Walsermännlein leibhaftig gesehen. Aber es hat mir nichts getan!“

„Gott sei Dank!“, sagte die Mutter und fischte die goldenen Knödel aus der Milchsuppe. „Aber die Suppe soll er selber essen!“ Sie trug den Topf mit der Milchsuppe vors Haus und stellte ihn hin, und am nächsten Tag war die Suppe mitsamt dem Topf verschwunden. In dieses Haus kam das Walsermännlein nie wieder. Die Leute meinen, das sei deshalb so gewesen, weil das Kind freundlich mit ihm geredet hatte.

Ähnlich wie das Walsermännlein benehmen sich die Hausbutze.

Da war einer, der wohnte bei einem Bauern in Nüziders. Es war ein friedlicher Butz, der half, wo er konnte und wollte. Manchmal waren zum Beispiel die Kühe schon gemolken, wenn die Bäuerin frühmorgens in den Stall kam, und es lagen immer genügend Holzscheite neben dem Herd, ohne dass die Magd welche hintragen hätte müssen. Der Bauer brauchte, seit der Butz im Haus war, niemals mehr seine Sensen zu dengeln, denn die waren immer scharf. Aber auch dieser Butz ließ sich selten sehen, bei der Arbeit schon gar nicht. Er nahm sich niemals selber Essen aus der Speisekammer, sondern wartete, bis die Bäuerin ihm einen Teller voll hinstellte und aus der Küche ging. Dann huschte der Butz herbei, aß den Teller leer, wusch ihn und stellte ihn zurück in den Schrank. Hie und da sah man den Butz auf dem Birnbaum sitzen und Birnen verspeisen. Die Butzen warf der Butz dann ins Gras. Das sollte er nicht, weil Birnbutzen im Gras die Wespen anlocken. Aber der Butz wollte den Wespen auch etwas gönnen. Und weil er sonst brav war, ließen ihn die Bauersleute gewähren. Hie und da spazierte der Hausbutz im Küchengarten herum und las die Raupen vom Kohl und vom Kraut. Die trug er dann in den Küchengarten der Nachbarin. Das gehörte sich auch nicht, aber was sollte die Bäuerin tun? Denn immer wenn der Butz etwas angestellt hatte und sie mit ihm schelten wollte, wurde er sogleich unsichtbar, und dann waren die Bauersleute nicht mehr sicher, ob es ihn überhaupt gab.

Eines Tages kam der Schuster für eine Woche ins Haus, „auf die Stör", wie es heißt, um dort alle Schuhe, die es nötig hatten, auszubessern. Am ersten Abend wies ihm die Bäuerin ein Bett in der Leutekammer zu, aber der Schuster meinte, er schliefe lieber auf der warmen Ofenbank.

„Das geht nicht", sagte der Bauer. „Auf der Ofenbank schläft der Hausbutz. Wir möchten ihn nicht verärgern."

„Heute schlaf ***ich*** auf der Ofenbank!", sagte der Schuster und legte sich dort zum Schlafen nieder.

„Wie du willst!", sagte der Bauer. „Aber sei nicht grob mit ihm. Unser Butz ist leicht gekränkt. Wenn du seinen Schlafplatz haben willst, musst du ihn freundlich darum bitten."

Als alle im Haus schliefen, kam der Butz und

wollte sich auf seiner Ofenbank niederlegen. Dort lag aber schon der Schuster und schnarchte.

„He, steh auf, das ist meine Bank!“, sagte der Butz. Aber der Schuster schlief weiter. Da packte der Butz den Schuster und zerrte ihn von der Bank. Plumps, lag der Schuster unten und blinzelte. Plötzlich sah er den Butz, denn der hatte sich sichtbar gemacht, weil der Schuster nicht glauben sollte, er sei von alleine von der Bank gefallen. Dann sprang der Butz dem Schuster auf die Brust und blies und quietschte ihm die Ohren voll. Nun packte der Schuster zu und erwischte den Butz. Der zappelte und schimpfte, aber es half ihm nichts. Der Schuster ohrfeigte ihn, ging ans Fenster und warf ihn hinaus. Dann war Ruhe.

Aber an jedem weiteren Abend kam der Butz wieder und verlangte seinen Schlafplatz und wurde geohrfeigt und aus dem Fenster geworfen. Am letzten Morgen, als der Schuster alle Schuhe ausgebessert hatte und weiterwandern wollte, erschien der Butz vor ihm und sagte: „Jetzt bin ich der Meister!“ Dann rannte er fort. Der Schuster verabschiedete sich von den Bauersleuten und machte sich auf den Weg.

Kaum hatte er sich ein Stück vom Haus entfernt, fühlte er plötzlich ein Ziehen und Zerren. Er sah den Butz in einiger Entfernung den Wiesenhang hinaufspringen und konnte nicht anders, er musste ihm nachlaufen und laufen und laufen – und lief sich die Füße wund. Aber er musste trotzdem weiterlaufen und ihm war, als würde er sich die Füße ablaufen bis zu den Knöcheln.

Als er oben auf dem Berghang angekommen war, stand dort eine Tanne, und neben ihr stand der Butz. Der packte den Schuster um die Mitte, setzte ihn auf die Tanne hinauf und sagte dazu: „Da hast du's! Ich lass mich doch nicht hauen!", und verschwand.

Der Schuster saß auf der Tanne wie gebannt, bis er vor Müdigkeit herunterfiel. Am nächsten Morgen erwachte er im Moos, nass vom Tau, und ihm war kalt, außen und innen.

Die Almbutze sind ganz eigene kleine Leute. Sie tummeln sich erst nach dem Almabtrieb in den verlassenen Sennhütten, machen Käse und Butter, tafeln vergnügt und musizieren. Und wenn ein Fest zu Ende ist, räumen sie alles sauber weg, löschen das Feuer und ziehen zur nächsten Hütte. Einmal, es war auf der Alpilaalpe, hatte ein Hirt beim Almabtrieb eine schwarze Kuh auf der Weide oben vergessen. Da stieg er zurück auf die Alm, um sie zu holen. Als er dort ankam, sah er seine schwarze Kuh vor der Hütte liegen. Es war schon spät und dämmerig und die Kuh schnaubte ängstlich. Das war dem Hirten nicht ganz geheuer. So nahm er die Kuh mit in die Sennhütte, damit sie es beide nicht so einsam hätten. Er legte sich bald auf die Pritsche schlafen und die Kuh nickte im Stehen ein.

Plötzlich erwachte der Hirt von einem lauten Rufen: „He du, auf der Pritsche! Willst du nicht mit uns feiern?“ – und er sah eine Menge kleiner Männlein und Weiblein in der Hütte sich tummeln, kochen und braten. Und eines der Männchen rief ihm zu: „He du, magst du mitessen? Oder isst du kein Fleisch?“

Dem Hirten wurde noch viel unheimlicher und er traute sich nicht, Nein zu sagen. Er setzte sich unter die seltsamen Gäste und bekam zu essen und es schmeckte ihm sehr. Aber plötzlich bemerkte er, dass die Kuh ihren Kopf immer wieder nach hinten wendete. Und als er näher hinschaute, sah er, dass sie ein großes Loch in ihrem Leib hatte. „Jetzt haben die sich ein Stück Fleisch aus meiner Kuh herausgeschnitten“, dachte der Hirt erschrocken, aber er wagte nicht, etwas zu sagen, sondern aß weiter. Bald fingen die Butze, Männlein und Weiblein, zu tanzen und zu musizieren an. Das klang wunderschön, so wunderschön, dass der Hirt seine Kuh vergaß und wie gebannt lauschte. Da rief eines der Männlein: „Willst du mit uns musizieren? Dann sag nur, welches Instrument du spielen willst! Und wenn du nicht musizieren kannst, willst du's nicht lernen? Hast du das nicht immer gewollt?“

„Ja“, sagte der Hirt. „Flöten möchte ich gern lernen!“ Da bekam er eine Flöte und spielte darauf so gut, wie er nie geglaubt hätte, dass er's jemals könnte.

Als der Morgen graute, hörten die Butze auf zu musizieren und zogen fort, in die Bergnebel hinein. Der Hirt ging nach draußen und schaute ihnen nach, bis sie verschwanden. Dann kehrte er sich um nach der Hütte und sah dort über der Tür eine schwarze Kuhhaut ausgespannt. Als er aber näher hinschaute, war sie weg. Und als er dann in die Hütte hineinging, stand dort die Kuh ganz unversehrt, und die Flöte lag auf der Pritsche. Da wusste er, dass er nicht geträumt hatte. Er nahm die Flöte und die Kuh und ging mit den beiden zurück ins Tal.

Der Niesgeist

Eine junge Näherin, die bei einem Bauern auf Arbeit gewesen war, ging einmal spätabends nachhause zu ihrer Mutter, mit der zusammen sie wohnte. Als sie über die Rehmener Brücke ging, war es schon dunkle Nacht und rundum so still, dass ihre eigenen Schritte ihr unheimlich klangen. Da blieb sie stehen. Gleich darauf hörte sie ein lautes Niesen. Es kam von unter der Brücke hervor. Vor Schreck brachte die junge Näherin kaum das „Helfdirgott" heraus, das man sagt, wenn einer niest.

Da kam ein Männchen unter der Brücke hervorgehüpft. Es hatte ein rotes Leibchen an, und das Mädchen begann vor Angst zu zittern, weil sie das Männlein für den Teufel hielt.

Es war aber nicht der Teufel, obwohl sie schon manchmal an ihn angestreift war. Und dieses Männlein sprang der jungen Näherin vor die Füße und rief jubelnd:

„Ich bin erlöst! Du hast mich erlöst!"

Das junge Mädchen fasste sich ein Herz und fragte das rot gekleidete Männlein:

„Wer bist du denn?"

„Einer, der einmal nicht arm war", antwortete das Männlein. „Aber wenn arme Leute zu mir gekommen sind und mich um Gottes willen gebeten haben, ich möge ihnen etwas geben, da habe ich zu ihnen gesagt: ‚Ich helf dir nicht! Helf dir Gott!' Dafür musste ich nach meinem Tod als arme Seele unter der Brücke sitzen und so lange niesen, bis einer ‚Helf dir Gott!' zu mir sagt und mich damit erlöst. Aber es ist keiner gekommen, der es gesagt hätte. Und so musste ich viele, viele, viele Jahre unter der Brücke sitzen. Bis heute."

Als das Männlein diese Worte gesprochen hatte, wuchsen ihm auf seinem roten Leibchen zarte weiße Flüglein, und damit flatterte es vor den Augen der jungen Näherin zum Himmel hinauf.

Die aber ging nachhause und erzählte ihrer Mutter, was ihr begegnet war.

„Da müssten viele unter der Brücke sitzen und niesen!", sagte die Mutter. „Ich bin oft genug drübergegangen und habe nichts gesehen und gehört."

Seit damals, seit ihre Mutter das zu ihr gesagt hat, ist die junge Näherin nie mehr einem Geist begegnet, der unter der Brücke geniest hat und den sie hätte erlösen können.

Der Bettler mit dem Schmalzkübelchen

Dort, wo heute der Gletscher oberhalb von Brand liegt, war einst eine Alm. Es war eine prächtige Alm mit mehreren Sennhütten und mit reichem Ertrag an Milch und Käse und Butter.

Bis der Bettler kam.

Der Bettler war nicht jung und nicht alt. Mit einem Kübelchen in einer Hand kam er zur Alm hinaufgestiegen. Er sah nicht wie ein Bettler aus, bis er dann die erste Almhütte betrat. Die drinnen saßen beim Mittagessen um den Tisch. Der Bettler grüßte bescheiden, bat um ein wenig Butterschmalz und hielt sein Kübelchen hin. Dabei sah er plötzlich so arm und hungrig drein, dass das härteste Herz hätte weich werden müssen. Aber die da aßen, gaben ihm keine Antwort. Sie aßen weiter, als wäre er gar nicht da.

Wieder grüßte der Bettler bescheiden und ging.

Er ging in die nächste Sennhütte, trug seine Bitte um ein wenig Butterschmalz vor und bekam auch nichts. In der dritten Hütte sagte ein Senner zu ihm: „Stör uns nicht beim Essen. Wir geben nichts!“

Unverdrossen ging er weiter, um ein bisschen Butterschmalz zu erbitten. Ob er traurig war oder zornig, sah man ihm nicht an.

Dann kam er in eine Almhütte, da hatten die

Leute schon gegessen, und die Sennerin wusch die Schüsseln sauber, klapperte mit dem Geschirr und sang. Als sie den Bettler in der Tür stehen sah und seine Bitte hörte, sagte sie zu ihm: „Gib her dein Kübelchen, ich will es dir anfüllen!", und schickte ihn derweil vor die Hütte, er solle sich dort auf die Bank setzen und warten. Das tat er.

Sie aber wollte sich einen Spaß machen und füllte das Kübelchen mit dem trockenen Kuhmist, der zum Unterzünden beim Herd lag. Obendrauf schmierte sie ein Stück Butterschmalz, grade nur so viel, dass man den Mist darunter nicht sehen konnte. Darauf brachte sie ihm kichernd das Kübelchen hinaus. Der Bettler dankte ihr freundlich und sah sie dabei so traurig an, als hätte er was gemerkt, und ging. Der Sennerin wurde plötzlich ganz anders und sie wollte ihn zurückrufen und die Sache wiedergutmachen. Aber er war schon weg und wie vom Erdboden verschwunden. Da wurde ihr so bang, als hätte sie mit etwas Heiligem ihren Spott getrieben.

Der Bettler machte sich auf den Weg ins Tal. Weiter unten, am Rande der Alm, fand er noch eine Hütte. Darin wohnte ein altes Ehepaar. Es waren Sennen, die schon viele Jahre auf der Alm oben Vieh gehütet hatten. Der Bettler klopfte an, aber diesmal konnte er seine Bitte gar nicht erst vorbringen, denn die beiden Alten empfingen ihn, wie man einen müden, hungrigen Wanderer empfängt. Sie brachten ihm Milch und Butter und Käse. Und weil der Bettler plötzlich so traurig dreinsah, munterten sie ihn mit fröhlichen Reden ein wenig auf und baten ihn zu erzählen, was ihm denn Schlimmes begegnet war.

Da erzählte er ihnen, was er in den Hütten der anderen Sennen erlebt hatte und dass er wohl gemerkt hätte, was ihm in sein Schmalzkübelchen getan worden war. Darauf nahm die alte Sennerin das Kübelchen und wusch es gründlich aus. Dann schmierte sie ihm das Kübelchen randvoll mit Butterschmalz, und ihr Mann sagte dazu: „Tu ihm doch noch einen schönen Käs dazu." Und auch das tat sie.

Als der Bettler satt war, stand er auf, nahm sein Schmalzkübelchen, bedankte sich bei den Alten für die freundliche Aufnahme und ging.

Die zwei alten Leute traten unter die Tür und schauten ihm nach, wie er so hinunterging. Da sahen sie, wie er plötzlich stehen blieb und sich umwandte. Aber er blickte nicht zu ihrer kleinen Hütte zurück, sondern höher, viel höher, bis hinauf zu den grünen Gipfeln des Berges. Dann hob er einen Finger und sprach so laut, dass man es weithin hören konnte:

„Verflucht sollen alle sein, die satt sind und eines hungrigen Bettlers spotten. Verflucht soll die

blühende Alm sein und kalt und eisig werden, so eisig kalt wie die Herzen, die dort schlagen. Kein Grashalm soll mehr leben auf dieser Alm, keine Blume soll ihre Wurzeln in die Erde treiben. Ewiges Eis soll den Gipfel des Berges bedecken und von dem Frevel künden, der hier geschehen ist." Dann verstummte der Bettler und ging mit seinem Schmalzkübelchen weiter.

Der alte Hirt und die alte Hirtin erschraken und sagten zueinander: „Das war kein Bettler. Der hat geredet wie ein rächender Engel, oder vielleicht war es der liebe Gott selber, der doch heute noch manchmal auf Erden herumgeht und nach dem Rechten sieht. Lass uns miteinander fortgehen, denn dieser Fluch ist schrecklich." Sie packten ihre Habseligkeiten zusammen und zogen aus der Hütte fort in das Dorf unten im Tal.

Bald darauf hat sich der Fluch des Bettlers erfüllt. Die Nacht brach herein und war ganz schwarz und weiter oben tobte es schaurig und kalt, und es schneite und schneite.

So ist der Gletscher oberhalb von Brand entstanden.

Der Drachenreiter im Walsertal

Im oberen Walsertal hauste einmal ein fürchterlicher Drache. Er fraß Menschen und Vieh, zertrampelte Wiesen und Äcker, und wenn er hungrig war, schlug er mit dem Schweif wild um sich. Dann splitterten Häuser und Hütten rundum und ganze Stücke Wald. Der Atem des Drachen war so heiß, dass die Bäche dampften, wenn er aus ihnen trank. Menschen und Tiere flüchteten ins Gebirge. Weil aber der Drache auch dort herumging, donnerten überall Muren und Lawinen, die er lostrat, zu Tal. Und der Drache wurde immer hungriger. Zuletzt war alles so schlimm, dass die Menschen meinten, die Welt würde bald untergehen.

Da kam ein dunkles Männlein geflogen, ein Venedigermännlein. Venedigermännchen können auf ihren weiten Mänteln fliegen. Dieses Männlein setzte sich dem Drachen auf den Rücken und ritt auf ihm durch den Lutztobel davon. Bei der Lutzbrücke zog es sein Hütchen und winkte zum Abschied.

Seit damals ist der Drache nie wieder im Walsertal aufgetaucht.

Milchgold

Lange Zeit hat sich auf der Laguzalpe bei Ludesch ein geheimnisvolles Männlein herumgetrieben. Man hätte Gift drauf nehmen können, dass es beim Almauftrieb daherkam und sich zum Viehhüten anbot. Angezogen war es – na ja. Die Farbe von seinem Gewand war nicht recht herauszukriegen. Wenn Sonne war, war's mehr grün, aber wenn's trüb war oder geregnet hat, war es ein richtiges graues Männlein. Aber nicht vom Gemüt. Das war sonnig. Das Männlein hat gern gelacht und Sachen hat es gekonnt, dass einem schwindlig werden konnte. Wenn man es über den Sommer zum Viehhüten angestellt hat, da hat es zum Beispiel die schönsten Weideplätze aufgesucht, und die Tiere hingetrieben auf einem Weg, den sich kein anderer Hirt zu treiben getraut hat! Nämlich die Riesen hinauf. Riesen, das sind die steilen Bahnen, auf denen die gefällten Baumstämme ins Tal rasen. Aber dem Männlein hat das gar nichts ausgemacht. Auf und ab hat's die Tiere dort getrieben, und ein Hüterbub will sogar gesehen haben, wie die Kühe und Kälber mit dem Männlein herzlich gelacht haben über die andern Hirten, denen schon vom Zuschauen schlecht geworden ist.

Nie ist dem Männlein eine Stück Vieh abhanden gekommen. Man hat ihm ganz und gar vertrauen können. Und weil es so tüchtig und immer lustig war und weil die Tiere, die es gehütet hat, immer besonders schön und stark wieder ins Tal gekommen sind, hat man den merkwürdigen Zwerg halt immer wieder zum Hüten genommen.

Ja, er hatte was von einem Zwerg, obwohl er keiner war. „Ich bin kein Zwerg!“, hat er gesagt, wenn ihn einer beim Reden so genannt hat. „Ich bin –“, und dann hat er gegrinst und nicht weitergesprochen.

Allzu nah zu den Hütten ist das Männlein auch nie gegangen. Ob es zu scheu dazu war oder ob es ihm zu langweilig war in einer Alphütte, hat es nie verlauten lassen.

Einmal ist es aber doch in eine hineingegangen und hat die Sennerin gefragt: „Was machst denn mit dem Schotten?“

Der Schotten ist das „Käsewasser“, das bei der Käsebereitung im Kessel überbleibt.

„Was ich damit mach?“, sagte die Sennerin. „Nix! Das kriegen die Schweine!“

„Da weiß ich was Besseres!“, hat das Männlein darauf gesagt. „Aus dem Schotten kann man Gold machen! Soll ich dir sagen, wie?“

Da ist die Hüttentür aufgegangen und ein anderes solches Männlein hat hereingerufen:

„Hansi! Der Bach brennt!“ Da hat das Männlein in der Hütte einen Satz durch die Tür hinaus gemacht und ist davongerannt.

Irgendeinmal haben Leute gefunden, man müsst dem Männlein was schenken. Und weil's ja immer mit dem alten graugrünen Gewand herumgegangen ist, haben sie ihm ein neues Wämslein geschenkt, ein rotes, wie man es im Großen und Kleinen Walsertal trägt. Damit es endlich was gleichschaut. Sie haben es ihm auf den Dingabühel gelegt, wo er sich gern aufgehalten hat. Er hat sich gefreut, wie er's gefunden hat, und sogleich über das alte Gewand drübergezogen und gerufen:

„Jetzt bin ich aber viel zu schön zum Viehhüten!"

Und von da an ist das Männlein nie wieder erschienen.

Das Ritterfräulein von der Ruggburg

Das Ritterfräulein von der Ruggburg ging einmal auf den nahen Wiesen spazieren und pflückte Blumen. Das Fräulein liebte Blumen und trug immer wieder einen großen Strauß davon heim in ihr Kämmerchen.

Einmal ging sie weiter bis zum Wald. Die Bäume sahen das Fräulein von der Ruggburg mit ihren vielen Gesichtern freundlich an. Sie ging tiefer in den Wald hinein und schaute und bestaunte knorrige Äste, die aussahen wie seltsame Tiere oder hölzerne Geister.

Plötzlich war es dunkel. Nur der Mond schien, und auf einmal wurde ihr angst und bang.

Da wollte das Fräulein von der Ruggburg umkehren, aber sie fand den Weg zurück nicht mehr.

Sie ging weiter und weiter und suchte in dem finsteren Wald ein Licht. Endlich fand sie eines und ging darauf zu. Das Licht war ein helles Fenster in einem kleinen Waldhaus.

In dem Häuschen wohnte eine alte Frau. Die ließ das Fräulein freundlich ein und gab ihr zu essen und zu trinken und ein Bett für die Nacht. Aber ehe sich das müde Fräulein schlafen legte, sagte die alte Frau zu ihr:

„Du hast Glück, dass der Jäger nicht daheim ist.

Er ist auf die Pirsch gegangen und kommt gewiss vor morgen Früh nicht zurück."

Da legte sich das Fräulein ins Bett und schlief ein.

Doch plötzlich wurde sie gerüttelt und geschüttelt, und als sie erschrocken aufwachte, stand die alte Frau mit einer Kerze vor dem Bett und sagte:

„Der Jäger ist doch gekommen! Ich höre schon seine Hunde. Schnell, lauf fort, denn der Jäger ist wild und wird böse, wenn jemand Fremder im Haus ist."

Da wollte das Fräulein schnell aus dem Häuschen flüchten, doch der Jäger stand schon in der Tür und war so zornig, wie sie noch keinen Menschen zornig gesehen hatte. Er packte das Mädchen an den Haaren und zog sein Jagdmesser, um sie zu töten. Aber wie er das Messer hob, entwischte sie ihm, und das Messer schnitt ihr die Haare ab, nicht den Kopf. Ein Büschel langer, schimmernder Haare blieb dem Jäger in Händen.

Das Fräulein war geflohen. Sie lief und lief und lief. Sie wollte nachhause, fand aber den Weg nicht und lief und lief bis ins Schwabenland. Die ersten schützenden Mauern, die sie fand, waren die eines Klosters. Dahinein rettete sich das Fräulein von der Ruggburg und blieb für immer dort.

Der wilde Jäger aber war wie verwandelt seit dem Augenblick, da er die schimmernden Haare des Fräuleins in Händen hielt. Seine Jagdhunde saßen traurig und winselnd um ihn herum, aber er beachtete sie nicht. Er wollte nie mehr jagen. Ein anderer Jäger kam an seine Stelle, und die Hunde blieben bei dem neuen Herrn. Der Jäger aber saß nur da und flocht Kränzchen und Bänder aus dem schimmernden Haar seiner Liebsten, denn das war ihm das Fräulein im Herzen geworden.

Eines Tages machte er sich auf und durchzog das ganze Land und fragte überall, in jedem Haus und auf jeder Burg, nach dem Mädchen. Er liebte sie so sehr, dass er keine Ruhe mehr fand. Langsam gab er die Hoffnung auf, das Mädchen jemals zu finden, und wurde immer trauriger und müder. Eines Tages kam er auch ins Schwabenland. Da stand ein Kloster. Er klopfte an die Pforte, um eine warme Suppe zu erbitten. Es war Winter geworden und er hatte kein Geld mehr und bettelte sich durchs Land.

Bald öffnete sich das Guckloch an der Pforte und eine junge Klosterfrau schaute heraus. Beim Anblick des Jägers wurde sie bleich. Auch der Jäger wurde so weiß wie der Schnee unter seinen Füßen.

„Warte hier!“, sagte die junge Klosterfrau mit leiser Stimme und schloss das Guckloch. Nach einer Weile öffnete sich die Pforte und die junge Klosterfrau brachte ihm einen Teller heißer Suppe. Sie stellte den Teller nieder und zog sich gleich zurück. Dann schloss sich die Pforte wieder.

Der Jäger aß seine Suppe und hoffte noch ein Weilchen, die Pforte würde sich wieder auftun. Aber das geschah nicht. Er wollte seine verlorene Liebste wiedersehen, auch wenn es nur durch ein Guckloch wäre. Am nächsten Abend klopfte er neuerlich an die Klosterpforte. Und wieder brachte die junge Klosterfrau ihm einen Teller Suppe. Und so geschah es von nun an jeden Tag.

Zwei Blumenfräulein

Früher einmal haben in der Ruine Neuburg zwei Burgfräulein gewohnt, die waren schon tot, aber sie haben geistern müssen. Warum, weiß man nicht. Alle paar Jahre mussten sie auf den Steinen der zerfallenen Burg für zwei Stunden erscheinen. Mit Sträußchen aus wilden Blumen in den Händen mussten sie warten, ob jemand käme, der ihre Blumen kaufte.

Aber es wuchsen wilde Blumen genug rund um die zerfallene Burg. Wer hätte da den Fräulein welche abkaufen wollen? Noch dazu, weil sie ihre Sträußchen nicht anpreisen durften. Denn hätten sie mit ihren Geisterstimmchen „Kauft Blumen!" gerufen, hätte doch niemand sich in ihre Nähe getraut. Hätte aber jemand ihre Sträußchen gekauft, wären sie erlöst gewesen.

Einmal, als die beiden Blumenfräulein eben geisterten, kamen zwei junge Holzknechte an der Ruine Neuburg vorbei. Und weil die Geistermädchen so hübsch waren, kamen die zwei Burschen näher, und da sahen sie, dass die beiden Fräulein sie ganz, ganz traurig und hilflos anschauten.

Die beiden Burschen hatten wie alle Leute in der Gegend schon von den geisternden Blumenfräulein gehört. Als sie die nun wirklich vor sich sahen, so arm und hilfeflehend, gingen sie hin und kauften ihnen die Blumensträuße ab.

Und nun konnten sie zusehen, wie die beiden wunderschönen Geisterfräulein in Luft zergingen und leise dabei sangen.

Mit ihren Blumensträußen in den Händen standen die beiden jungen Holzknechte da und schauten und horchten den zergehenden Geisterfräulein nach.

„Mir scheint, die haben wir erlöst!“, sagte der eine.

„Ja, mir scheint das auch“, sagte der andere.

Dann brachten sie die Blumensträuße ihren Mädchen.

Von der Pest und der geretteten Braut und vom Hattele

In früherer Zeit kam die Pest auch immer wieder nach Vorarlberg. Eine Sage berichtet, dass sie einmal sogar zwei Gespenster als Vorboten ins Land geschickt hat. Sie kamen aus Liechtenstein und gingen der Ill zu. Das eine Gespenst kam mit einem Besen in der Hand daher, das andere mit einer Schaufel. Am Ufer der Ill sagte das Gespenst mit dem Besen zu dem mit der Schaufel:

„Am besten, wir trennen uns hier. Du schaufelst dich durch das Tal dort, und ich kehre mich durch das Tal da." Und das taten sie. Als die beiden Täler gekehrt und geschaufelt waren, kam die Pest und hatte freie Bahn.

Im Jahr 1628 wütete die Pest in Dornbirn. Damals kam ein Soldat aus Hatlerdorf, der im Dreißigjährigen Krieg gedient hatte, in seine Heimat zurück und begegnete einem Pestwagen. Der Pestwagen war ein Karren, auf dem die Toten, die überall in den Straßen lagen, von Pestknechten weggefahren wurden, um dann in großen Gruben, den Pestgruben, ihre heilige Ruhe zu finden. Für jeden Einzelnen ein Grab zu graben war in der Pestzeit unmöglich, weil es zu viele Tote gab.

Der Soldat begegnete also einem solchen Pestwagen. Er wollte ihn schon vorüberfahren lassen, aber da war ihm, als flüstere eine Stimme: „Rette mich!“ Also lief er zu den Knechten hin, die den Karren zogen, und fragte sie, wo sie denn ihre Toten aufgesammelt hätten.

„Die sind alle aus Hatlerdorf“, sagte der eine Knecht.

Der Soldat aber hatte eine Braut, die war aus Hatlerdorf, und er bat die Knechte, stehen zu bleiben, damit er sehen könnte, ob seine Braut vielleicht unter den Toten lag.

Die Pestknechte stellten den Karren nieder und halfen dem jungen Soldaten, seine Braut unter den Toten zu suchen, und sie fanden sie auch.

„Gebt sie mir“, sagte der junge Bräutigam, „ich will sie selber begraben!“

Die Pestknechte legten ihm die Braut in die Arme und fuhren weiter.

Der Bräutigam aber ging mit der Braut in seinen Armen die Gasse entlang und ging und ging und wusste nicht, wohin.

Da kam ein alter Großvater des Weges, der blieb vor dem jungen Mann stehen und sagte:

„Du musst sie mit Stroh abreiben. Das kann helfen, wenn noch ein Funken Leben in ihr ist.“ Dann ging der Großvater weiter.

Der Bräutigam trug seine Liebste nachhause und holte Stroh und rieb sie damit ab und brachte sie ins Leben zurück. Die Braut wurde wieder ganz

gesund, und die beiden haben geheiratet und wurden glücklich miteinander.

Auch eine alte Frau hat auf wunderbare Weise in Hatlerdorf überlebt.

Als sie hörte, dass die Pest schon ganz nahe war, räumte sie eilig den alten Jauchekasten aus und packte viel Heu und etliches Brot hinein. Sie rief ihr Geißlein, das Hattele, stieg mit ihm in den Jauchekasten und deckte den Kasten mit Brettern zu. Dann kam die Pest.

Viele Tage und Wochen saß die alte Frau im Jauchekasten, aß das Brot und trank die Milch des Geißleins, und das Geißlein fraß das Heu. Die alte Frau vergaß, dass es oben noch eine andere Welt gab.

Eines Tages war die Pest vorüber, und die Einwohner des Dorfes, die vor ihr geflohen waren, kehrten zurück. Da meckerte das Geißlein ganz laut. Das hörten Dorfbewohner, die in ihre Wohnungen zurückkamen, und sie fanden die alte Frau im Jauchekasten und holten sie herauf. Die alte Frau hat noch eine ganze Weile mit ihrem Geißlein gelebt. Hätte es nicht gemeckert, dann hätte sie sich dort unten wohl für immer verschlafen.

Die Bewohner aber nannten ihr Dorf dem Geißlein, dem Hattele, zu Ehren, von nun an Hatlerdorf.

Der Mühlstein am Rosshaar und das goldene Laub

Bei Götzis lebte einmal eine alte Frau, die ging in der Nähe der Ruine Neuburg Kleinholz sammeln. Als sie auf dem Heimweg an der Ruine vorüberging, sah sie vor dem Eingang ein Häufchen Sägespäne liegen. Sie tat die Späne zu dem Kleinholz in ihre Schürze und trug alles nachhause. Dort leerte sie die Schürze vor dem Herd aus. Als sie am nächsten Morgen Feuer machen wollte, fand sie das Holz, wie sie es gesammelt hatte, die Späne aber waren in Gold verwandelt.

Ganz glücklich lief die Frau vors Haus und erzählte dem Nächsten, den sie vor ihrem Häuschen antraf, von den zu Gold gewordenen Sägespänen.

Dieser Nächste war ein Fuhrmann. Als er von dem Goldzauber hörte, musste er denken, dass in der Ruine vielleicht noch viel mehr Gold zu holen wäre als vor dem Eingang, möglicherweise gar ein verzauberter Schatz.

Verzauberte Schätze erscheinen manchmal um Mitternacht. Man kann sie aber nicht in der Schürze heimtragen, denn sie werden bewacht. Von einem wilden schwarzen Hund oder einer großen Kröte.

Der Fuhrmann wartete also, bis es Nacht war.

Dann ging er zu der Ruine hinauf und nahm einen Spaten und eine scharfe Hacke mit. Mit dem Spaten wollte er den Schatz ausgraben, mit der Hacke aber würde er den Hund oder die Kröte erschlagen.

Als er um Mitternacht bei der Ruine ankam, sah er den Goldschatz von innen her leuchten. Aber nirgends war ein Hund oder eine Kröte. Der Fuhrmann ging in die Ruine hinein und wollte das Gold, das fest im Boden saß und glühend leuchtete, mit seinem Spaten aus der Erde graben. Da hörte er oben auf der Mauer ein leises Schlurfen und Klatschen und blickte hinauf.

Und jetzt sah er eine riesige Kröte oben sitzen, die schaute ihn mit goldglitzrigen Augen an. Mit ihren beiden Vorderbeinen hielt sie ein Rosshaar fest, und an dem Haar hing, genau über dem Kopf des Fuhrmanns, ein Mühlstein.

Da ließ er Spaten und Hacke fallen und rannte davon und wagte sich von nun an nie mehr in die Nähe der Ruine Neuburg.

Es gibt viele Orte, an denen man Schätze gewinnen kann. Auf Frastafeders ist vor langer Zeit ein Schloss gestanden, in dem Leute immer wieder Schätze gesucht haben. In der Nähe, auf dem Kläslefeld, stand ein einsames Haus. Darin saß einmal an einem Sonntag eine Frau und betete. Plötzlich glänzt es vor ihrem Fenster so hell, dass es

sie beim Beten stört, und sie schaut hinaus. Da liegt doch draußen ein großer Laubhaufen, der glänzt, als wäre jedes Blatt aus Gold. Sie hat nur schauen können, so schön war das! Nach einer Weile ist dann ein Geist mit einem Besen gekommen und hat das goldene Laub weggekehrt.

Kurz darauf kam eine Base zu Besuch, der hat die Frau das erzählt.

„Du blöde Urschel!“, hat die Base gesagt. „Warum bist du nicht hinausgerannt und hast dir das Goldlaub geholt? Oder hättest du wenigstens dein Gebetbuch durchs Fenster hinausgeworfen, dann hätte der Geist den Haufen nicht wegkehren können. Das war sicher der Teufel. Der gönnt einem Christenmenschen doch nichts!“

„Nein, nein, das war ein gewöhnlicher Geist“, sagte die Frau. „Und es war alles so schön. Ich hätte es nicht übers Herz gebracht, da hinauszulaufen und das goldene Laub zu stören. Es hat sich doch gesonnt!“

Die Base murrte noch eine Weile über die Dummheit ihrer Verwandten, aber die hatte auf einmal einen Goldschimmer in den Augen, und da war die Base still.

Die schwarze Katze auf dem Zaunpfosten

Der Sohn des Bäckers von Egg, der Peter, ist jeden Samstag von der Arbeit spät nachhaus gekommen. Und jedes Mal saß auf dem Zaunpfosten eine schwarze Katze und glurte ihn an mit ihren grünen Augen. Jeden Samstag.

Einmal wurde es dem Peter zu viel. Schon der Gedanke, dass die Katze da oben sitzt und ihn anglurt, war ihm zu viel.

„Wenn sie am nächsten Samstag wieder dort sitzt, hau ich sie herunter", dachte er. Das nächste Mal nahm er einen Stock mit, und wirklich, die Katze saß schon wieder auf dem Zaun oben. Da nimmt der Peter den Stecken und schlägt sie herunter.

Hätt er das nur nicht getan! Denn auf einmal waren überall Katzen um ihn herum, lauter schwarze, es hat nur so gewimmelt von schwarzen Katzen. Getan haben sie ihm nichts, sie haben ihn nur angeschaut, aber wie! Ganz angst ist ihm geworden. Da ist er gesprungen wie noch nie.

Am nächsten Samstag musste er wieder am Zaun vorbeigehen. Da saß wieder die Katze oben. Die oder eine andere. In der Nacht schauen doch alle schwarzen Katzen gleich aus.

Diesmal hat der Peter die Katze oben sitzen lassen und nichts ist geschehen.

Von da an hat er nie wieder einen Stecken genommen und die Katze heruntergeschlagen. Auch nicht wenn's eine weiße gewesen wär.

Die Hexe und ihr Abwaschfetzen

In der Au war eine der größten Alpen die Annalp. Die hat der Anna, einer von drei Schwestern gehört, von denen jede eine Alm von ihrem Vater geerbt hat. Der Anna hat man nachgesagt, dass sie was mit Hexen zu tun hat und dass auf ihrer Alp ein Platz ist, auf dem die Hexen zum Tanzen zusammenkommen. Das haben sie vielleicht deshalb gesagt, weil die Annalp die reichste Alm war und weil es eben viele Neider auf der Welt gibt.

Nun, wie immer. Bei der Anna hat einmal ein Weber gewohnt. Der hat sich jeden Tag in die Speiskammer geschlichen und dort gehaust wie ein hungriger Wolf. Aber als die Anna ihn mit etwas erwischt hat, was nicht zum Essen war, Geld nämlich, wollte sie ihn loswerden und hat zu ihm gesagt: „Du, ich muss auch mein Sach zusammenhalten. Beim Essen will ich nicht so sein, aber Geld nimmst du mir keins mehr! Sonst musst du weg von da."

Das Geld zurückzuverlangen hat sie sich nicht getraut. Denn der Mann ist immer gleich grob geworden, wenn sie ihm auf was draufgekommen ist, was nicht recht war. Und er hat gedroht, er wird sie als Hex angeben, dann soll sie sehen, wo sie bleibt.

Nun, sie war keine. Das hat sie selber gewusst,

aber wer weiß, vielleicht hätt nicht jeder drauf geschworen, dass sie keine war. Sie hat sich also nicht getraut, viel gegen ihn zu sagen. Denn damals war das oft so, dass besonders Leute, die nicht ganz arm waren, bei der Obrigkeit als Hexen angezeigt wurden.

Dann hat der Anzeiger was von dem Geld gekriegt und die Obrigkeit auch. Und die Annalp, den Besitz der Anna, hätt der Weber auch gewollt. Sie selber wäre vielleicht, was ja vorgekommen ist, zu Tod gebracht worden.

Die Anna hat sich also nicht getraut, was gegen den groben Kerl zu unternehmen. Bis ihr eingefallen ist, wie es vielleicht doch möglich wäre, dass er auszieht. Und als sie das nächste Mal gemolken hat, da hat sie heimlich einen alten Abwaschfetzen in die Milch getaucht und dann so getan, als tät sie den Fetzen melken und nicht die Kuh.

Wenn aber jemand einer nachsagt, dass sie eine Hex ist, glaubt er's bald selber. Und so hat der Kerl wirklich und wahrhaftig geglaubt, dass die Frau Anna den Fetzen melkt, und es hat ihm vor der Milch so gegraust, dass er gleich hat weggewollt aus dem Haus der Hex. Ganz giftig hat er zu ihr gesagt: „Kennst du die Annalp? Die wird jetzt bald mir gehören, du Hex!"

„Die Annalp kenn ich!", sagte da die Anna. „Und den Almfuchs auch!"

Da ist er aber gerannt und nicht wiedergekommen. Denn gegen den Almfuchs, den Almgeist, kommt keiner auf!

So ist der Weber also gleich ausgezogen und hat die Hex, die ohnehin keine war, von nun an in Ruh gelassen.

Der Almfuchs

Der Almfuchs zeigt sich erst, wenn das Vieh schon von der Alm abgetrieben worden ist und die Almhütte leer steht.

Zuletzt hat man den Fuchs auf der Elfalm gesehen. Er geht seinen bestimmten Weg, rund um die Alm, und wenn man ihm da begegnet und keinen Stock mithat, um ihn zu verscheuchen, kann das gefährlich werden.

Einmal wollte ein Senn nach dem Almabtrieb noch einmal zurückkommen, um einen Laib Käs zu holen, der in der Almhütte liegen geblieben war. Als er die Hütte betreten wollte, kam der Almfuchs daher, setzte sich vor die Hüttentür und knurrte. Der Senn hatte Mühe, ihn von dort zu vertreiben, denn der Almfuchs biss in den Stock und fraß ihn zur Hälfte auf. Endlich gelang es dem Senn, in die Hütte zu kommen und den Fuchs auszusperren.

Es war bald Abend. In der aufkommenden Dunkelheit wollte der Senn nicht mehr ins Tal absteigen, sondern in der Almhütte übernachten. Das tat er auch.

Um Mitternacht wachte er auf. Er hörte Geräusche am Herdkessel, und als er hinüberschaute, sträubten sich ihm die Haare: Am Herd stand der Almfuchs und kochte Käse.

Als er merkte, dass der Senn aufgewacht war,

kam er herüber und fragte: „Willst du auch einen Käs?“

Der Senn antwortete nicht, denn wer weiß, was geschehen kann, wenn man mit einem Almfuchs redet, der Käse kocht.

Der Fuchs rührte noch eine Weile im Kessel, dann verwandelte er sich in einen Mann und blies das Herdfeuer aus. Nun sah und hörte der Senn nichts mehr.

Am Morgen war von dem Fuchs weit und breit nichts mehr zu sehen. Der Senn schaute in den Kessel, und da war noch geschmolzener Käse drin. Und der Käselaib, den er hatte holen wollen, war verschwunden.

Nun machte der Senn, dass er fortkam, und rannte ohne Frühstück ins Tal hinunter.

Im Dorf traf er den Pfarrer, der grad von der Frühmesse kam. Der Senn berichtete ihm sogleich von seinem schrecklichen Erlebnis. Da sagte der Pfarrer: „Den Almfuchs werden wir jetzt bannen“, und bannte den Fuchs für hundertundein Jahre. Seither ist der Almfuchs keinem mehr begegnet. Aber wann die hundertundein Jahre um sind und ob das vielleicht schon morgen sein kann, weiß niemand.

Der flüsternde Stein

Auf einer Alm in der Gegend von Bezau, auf der Stongerhöhe, gibt es einen Stein, der von weitem wie ein sehr großer Mensch, fast wie ein Riese aussieht.

Wie die Sage berichtet, hat dieser Stein, als er noch ein Mensch war, einen ungeheuren Frevel begangen und ist deswegen versteinert worden. Was das für ein Frevel war, weiß niemand mehr, denn es steht in keiner Chronik.

Auch anderswo sind schon Menschen ihrer Untaten wegen zu Felsen und Steinen geworden, aber die sind stumm. Der Stein auf der Stongerhöhe jedoch flüstert.

Wenn einer hingeht und ihn fragt: „Was hast du denn angestellt?", dann flüstert der Stein: „Nichts!" Und wenn man weiterfragt: „Kann man dich erlösen? Und wie?", dann flüstert der Stein wieder: „Nichts", als hätte er sich nur das eine gemerkt, dass er unschuldig ist und nichts verbrochen hat. Und weil er nichts anderes flüstern kann als: „Nichts", weiß auch niemand, ob und wie man ihn erlösen kann.

Alle heiligen Zeiten kommt ein Männchen an dem Stein vorbei, das hat den Karfunkelstein in der Tasche. Das Männchen stellt sich vor den Stein hin und sagt zu ihm:

„Du könntest schon mehr reden, wenn dir wer einmal die richtigen Fragen stellt!“

Dann springt das Männlein wieder fort. Und das alles geht schon so seit Menschengedenken.

Die Engel vom Bregenzer Wald

Es war einmal ein Krieg in Europa, der hat dreißig Jahre gedauert. Viele Menschen und Tiere sind darin umgekommen und ganze Landstriche wurden verwüstet und verbrannt. Viele Völker haben damals blutig gegeneinander gekämpft. Auch die Schweden waren dabei. Die haben ein Jahr, bevor der Dreißigjährige Krieg zu Ende war, die Stadt Bregenz erobert. Wer konnte, vor allem Frauen und Kinder und alte Leute, flüchtete in den Bregenzer Wald. Aber die Schweden wollten den Wald und alle Dörfer dort haben.

Als die Soldaten bis hinter das Dorf Alberschwende gekommen waren, sahen sie plötzlich auf dem Berghang über sich eine Menge weißer Gestalten auftauchen, die mit Heugabeln, Spießen und Sensen bewaffnet heruntergestiegen kamen. Die schwedischen Soldaten hielten die drohenden Gestalten in ihren weißen Gewändern für rächende himmlische Engel und flohen, so schnell sie konnten, zurück gegen Bregenz. Die weißen Gestalten aber kamen ihnen nach und haben viele der schwedischen Krieger erschlagen, bevor die sich retten konnten.

Die weißen Gestalten waren keine himmlischen Engel, sondern Frauen und Mädchen, die vor dem Krieg in den Bregenzer Wald geflüchtet waren.

Ein Jahr nach diesem Ereignis war der Dreißigjährige Krieg zu Ende. Es wurde Frieden geschlossen und die geflüchteten Frauen und Kinder und Alten gingen wieder in ihre Heimatorte zurück.

Die Bregenzerwälderinnen trugen bei ihrer Heimkehr noch ihre weiße Tracht, die die schwedischen Soldaten für Engelsgewänder gehalten hatten. Aber weil die Frauen selber glaubten, dass sie nur durch ein himmlisches Wunder den Sieg über die wilden Schwedenkrieger hatten erringen können, tauschten sie ihre weiße Kleidung gegen schwarze. Das Vorrecht, weiße Kleider zu tragen, sollten doch nur die Himmlischen haben.

Die Frauen aber bekamen in ihren Heimatgemeinden von nun an das Vorrecht, in der Kirche beim Opfergang rund um den Altar den Männern voranzugehen.

Von dem Einsiedler, der über den Bodensee lief

In den wilden Bergen südlich des Bodensees hauste einst ein Klausner, der Wunder tun konnte. Früher einmal war er weit in der Welt herumgekommen und hatte so viel gesehen, gehört und erlebt, und auch überlebt, dass er einmal Frieden und Ruhe vor der Welt finden wollte. So zog er sich in die Bergwildnis südlich des Bodensees zurück und baute sich dort eine Klause, um darin als Einsiedler zu leben.

Er war kein gelehrter Mann und konnte, wie die Sage berichtet, auch kein Latein außer den wenigen lateinischen Worten, die er auf seinen vielen Wanderungen da und dort in den Kirchen gehört hatte.

Dieser Klausner wohnte nun zwar in der Wildnis, aber immer wieder fanden Menschen mit ihren Sorgen und Nöten zu ihm. Manchen konnte er durch liebevollen Zuspruch helfen, und Kranke, die er mit Salben und allerlei Kräutern zu heilen versuchte, wurden oft so schnell gesund, dass es an Wunder grenzte. Wenn dann jemand den Klausner fragte: „Wie tust du deine Wunder?“, antwortete er: „Ich tu keine Wunder. Ich tu nur, wie ich muss.“

Als der Einsiedler eine Zeit lang in der Wildnis hauste, hatten die Tiere des Waldes keine Angst mehr vor ihm. Sie kamen täglich und leisteten ihm Gesellschaft und saßen um ihn herum. Er lernte von ihnen, was die Tiere aus Scheu vor den Menschen nur den Aufmerksamen und Stillen unter ihnen verraten. Die Umwohner sagten, dass ihr Einsiedler die Sprache der Vögel und Hasen und aller andern Tiere des Waldes verstünde. Und so war das wohl auch. Vögel und Wild, sogar die Insekten verrieten ihm, wenn Feinde im Land streiften, und so konnte er die Leute in der Gegend warnen.

Zwar wohnte niemand nahe der Klause des Einsiedlers, aber er bekam oft Besuch. Keiner hatte den Klausner jemals erzürnt oder ungeduldig erlebt, und sein Äußeres war auch dazu angetan, in ihm einen gütigen Weisen zu sehen. Er trug einen würdigen Bart und seine wasserhellen Augen waren klar und mild. So verbreitete sich im Land die Sage von dem weisen, hilfreichen, frommen Wundertäter.

Die Kunde von dem frommen Mann in der Wildnis gelangte bis zum Bischof von Passau. Als der so viel des Lobes über einen einfachen Klausner hörte, stieg in ihm Besorgnis auf, dieser Mensch könnte ein Scharlatan sein. Einer, der den Leuten etwas weismachen wollte, was er selber nicht glaubte. Einer, der vielleicht sogar mit dem Teufel im Bunde war und unter dem Tarnmantel der Frömmigkeit Seelen für den Satan fing. Der Bischof wollte sich über all das Gewissheit verschaffen und beschloss, selbst den Einsiedler aufzusuchen. Er mietete für sich und sein Gefolge ein Schifflein auf dem Bodensee, und sie fuhren damit gegen Süden.

Am Ufer angekommen, ließ der Bischof sich den Weg zu dem Einsiedler zeigen und langte nach einiger Mühsal bei der Klause an. Als er dort den bärtigen alten Mann sah, der ihn bescheiden und ehrfurchtsvoll empfing, dachte der Bischof, dieser einfache Mensch sei wohl nicht mit dem Teufel im Bunde. Darauf fragte er ihn, wie er – der doch gewiss der lateinischen Sprache nicht mächtig sei –, also wie er denn bete. Da antwortete der alte Klausner:

„Misere me Dominus."

Der Bischof verbiss sich ein Lachen. Ein so einfältiger Mensch, der in einem so gräulichen Latein bei drei Worten drei Fehler machte, konnte gewiss keine Wunder tun. Er klopfte dem alten Klausner auf die Schulter und sagte freundlich:

„Das ist ganz falsch, was du da betest. Was du meinst, heißt: Miserere mei, Domine! So musst du beten."

Der Klausner erschrak, weil er dachte, er hätte sich vielleicht den Unwillen des hohen Herrn zugezogen, und sagte die ihm vorgesprochenen Worte einige Male eifrig nach, bis alles richtig war. Dann versprach er dem Bischof, ab jetzt würde er nur mehr in richtigem Latein beten.

Da nickte der Bischof und ging zu dem Schifflein zurück und bestieg es. Noch während der Rückfahrt über den Bodensee spaßte er mit den Herren seines Gefolges fröhlich über den einfältigen Alten, der Wunder getan haben sollte.

Als das Schifflein mitten im See war, hörte der Bischof plötzlich den Steuerknecht, der zum Südufer zurückschaute, in höchstem Staunen ausrufen: „Schaut, hoher Herr Bischof, schaut doch, ein Wunder!"

Nun blickten auch alle andern nach Süden zurück, und da sahen sie den Klausner daherkommen. Mit fliegendem Gewand kam er über das Wasser des Bodensees gelaufen und winkte, das Schifflein möge anhalten. Da befahl der Bischof, seinerseits höchst erstaunt, den Ruderern anzuhalten.

Sie hielten mitten auf dem See, als der alte Einsiedler daherkam. Der klammerte sich nun am Rand des Schiffleins fest und bat flehentlich, der Herr Bischof möge ihm doch die richtigen lateinischen Worte noch einmal sagen, damit er auch fortan richtig beten könne. Denn sein alter Kopf hätte sie leider trotz größtem Eifer vergessen.

Der Bischof wurde sehr nachdenklich. Nach einer Weile hob er sachte die rechte Hand, segnete den alten Klausner und sagte: „Bete nur weiter in deinem Latein, wie dein Herz es dir eingibt. Ich glaube, du betest besser als ich."

Der Klausner verneigte sich demütig und ging über den Bodensee in seine Klause zurück. Und der Bischof fuhr zurück nach Passau.

Das Nebelmännlein im Wingert

Wenn im Oberland an frühen Herbstmorgen der Nebel über den Wingerten, den Weingärten, liegt, sagen die Leute: „Der Traubenlinderer ist da!“ Das ist ein anderer Name für das Nebelmännlein, das über den reifen Trauben im Nebel herumschwimmt und ihnen den Saft aussaugt. Wenn der Nebel da ist, schauen die Kinder, ob sie das Nebelmännlein erspähen können, und manchmal sehen sie es auch, mit seinem weißen Bart, und hören, wie es saugt und schlürft und schluckt.

Wenn das Nebelmännlein über den Weingärten schwebt, werden die Glocken geläutet, denn dann verzieht sich der Nebel.

Der Ritter von Bodmann besaß Wingerten am Untersee, aber er wusste nicht viel vom Nebelmännlein, weil er meist in der Welt herumreiste und daher selten zuhause war. Da traf er einmal am Ufer eines großen Wassers in einem fremden Land ein Männlein, das ihn freundlich ansprach und zu sich nachhause einlud. Das Männlein sagte, es wolle ihm guten Wein zu kosten geben, und der Ritter ging mit.

Das Männlein wohnte in einer Laube aus Gras und Weinranken. Es brachte dem Ritter einen Krug voll Wein, der genauso schmeckte wie der Wein aus den Weingärten des Ritters Bodmann.

„Ist das nicht mein Wein?“, fragte der Ritter das Männlein. „Wie kommt der denn hierher?“

„Freilich ist es dein Wein“, antwortete das Männlein. „Den hab ich im Nebel aus deinen Trauben gesaugt und hierher gebracht.“

Der Ritter wurde ärgerlich und sagte: „Tu das nie wieder! Sonst werde ich die Glocken zur Nebelzeit nicht nur am Morgen, sondern Tag und Nacht läuten lassen! Dann wird dir das Traubenaussaugen schon vergehen!“

Da sagte das Männlein: „Ich weiß was viel Besseres: Lass die Glocken überhaupt nicht läuten! Dann sauge ich kein Tröpfchen Saft mehr aus deinen Trauben! Es gibt ja noch andere Wingerten als deine!“

Damit war der Ritter einverstanden.

Wie es dann mit alldem weitergegangen ist, steht nirgends geschrieben.

Der Teufel mit den Kirschen

In Bizau wohnte einmal ein Mann, der war, wie alle Leute wussten, mit dem Teufel verbündet. Er besaß auch ein Buch, in dem verschiedene Teufelsbeschwörungen aufgeschrieben waren.

Eines Tages, als er nicht daheim war, fanden seine Kinder das Büchlein und lasen darin. Als der Vater nachhause zurückkehrte, war das ganze Haus voller Teufel. Aber die Kinder hatten die vielen Teufel gar nicht bemerkt und lasen eifrig weiter. Der Vater entriss ihnen das Buch, um die Teufel wieder zu vertreiben. Er musste dazu nur alle Beschwörungen, die seine Kinder gelesen hatten, von hinten nach vorn lesen. Das tat er eiligst, und alle Teufel verschwanden. Der Vater aber sagte seinen Kindern nicht, dass sie ein Teufelsbuch in Händen gehalten hatten, er hätte sie damit vielleicht zu Tode erschreckt. Er versperrte das Buch in einem eisernen Kästchen und versteckte den Schlüssel so gut, dass die Kinder ihn nicht finden konnten.

Der Nachbar des Mannes hatte an diesem Tag Gäste eingeladen, die er besonders gut bewirten wollte. Der kam, um sich das Buch auszuleihen.

Der Mann, der mit dem Teufel im Bund war, gab dem Nachbarn das Buch und zeigte ihm die Sprüche, mit denen man Speisen herbeiwünschen könne, welche auch immer, der Teufel würde alles bringen.

Der Nachbar bedankte sich, und als die Gäste kamen, hatte er schon viele köstliche Speisen vom Teufel auf den Tisch bringen lassen.

Als die Gäste fröhlich tafelten, fragte einer von ihnen, woher denn alle die köstlichen Speisen kämen. Denn der Gastgeber war ja nicht reich.

Da sagte dieser: „Ihr könnt euch wünschen, was immer ihr wollt, im Augenblick wird es auf dem Tisch stehen."

„Kirschen auch?", fragte da ein Gast. „Ich hätte jetzt plötzlich Appetit auf Kirschen!"

Nun wuchsen zu dieser Zeit keine Kirschen im Land, denn es war Winter. Der Gastgeber aber nahm das Buch, suchte ein wenig darin herum und murmelte etwas, und im nächsten Augenblick stand eine Schüssel voll herrlicher roter Kirschen vor ihm auf dem Tisch.

„Esst nur, esst", sagte der Gastgeber, „die Kirschen kommen aus einem Land, wo sie das ganze Jahr über reif sind und süß wie sonst nirgendwo!"

Die Gäste aber überfiel bei seinen Worten ein solcher Schrecken, dass keiner wagte, auch nur eine dieser Kirschen zu essen. Da schickte der Gastgeber die Kirschen wieder zurück und tat, als wäre nichts geschehen.

Die Rutschefenggen und das Mädchen Rorinda

Die Rutschefenggen haben einmal im Klostertal gewohnt. Es waren Männlein und Weiblein. Sie waren ein wenig rötlich anzusehen und überaus freundlich und hilfsbereit. Die Rutschefenggen hausten in Höhlen, und die zierlichen Tische und Bänke und Schränklein darin hatten sie sich selber aus Marmorstein gehauen.

Über dem Dorf Braz gibt es noch heute eine Felsenhöhle, in der Rutschefenggen gehaust haben und die man nicht leicht findet, weil vor dem Eingang viel dichtes Gebüsch wächst. Kann sein, dass die Rutschefenggen es selber angepflanzt haben.

In dieser Höhle bei Braz hausten besonders viele Rutschefenggenmännlein und -weiblein. Wenn man vorsichtig näher kam, konnte man an sonnigen Tagen vor dem Höhleneingang winzige weiße Wäsche hängen und trocknen sehen. Die Rutschefenggen halfen den Bauern beim Heumachen und waren dabei so geschwind, dass man sie kaum sah. Lohn für ihre Arbeit nahmen die kleinen Leute nie. Manchmal sah man sie in Scharen über die Berge wandern – dann machten sie Ausflüge auf den Tannberg und über den Arlberg bis nach Tirol. Vor ungefähr hundertfünfzig Jahren sind die Rutschefenggen ganz aus der Gegend weggezogen.

Eines der Rutschefenggenmädchen hat Rorinda geheißen und ist zu einem Wirt in Braz in Dienst gegangen. Sie war ein sehr hübsches Mädchen und gar nicht so klein, wie man hätte glauben sollen. Sie war sehr fleißig, aber sie ist auch gern tanzen gegangen. Unter dem Maibaum vor dem Wirtshaus hat sie besonders gern getanzt.

Eines Tages kehrte ein Fuhrmann in dem Wirtshaus ein und erzählte bei einem Glas Wein ganz nebenbei:

„Ich komm von Tirol. Wie ich über den Arlberg fahr, schreit wer von irgendwo oben: Kommst du nach Braz?"

„Ja", hab ich gesagt. Und die Stimme schreit wieder: „Sag der Rorinda, der Urhansl lasst sie grüßen, sie soll nachhaus kommen, der Stutzl ist gestorben."

Der Fuhrmann hat sich nichts dabei gedacht, wie er das erzählt hat, und er hat die Rorinda auch nicht gekannt.

Aber bei seinen Worten springt das Rutschefenggenmädchen auf und rennt aus dem Wirtshaus auf den Arlberg zu, und sie ist nie wiedergekommen.

Der Traumschinken

Zwei Handwerksburschen, die sich auf der Landstraße kennen gelernt hatten, ein Tiroler und ein Vorarlberger, wanderten den ganzen Tag miteinander bis zur nächsten Herberge. Als sie am Abend dort ankamen, hatten sie schon Freundschaft geschlossen.

Einer der beiden, ob's der Vorarlberger war oder der Tiroler, weiß man nicht, hatte einen großen, saftigen Schinken bei sich, den er auf den Tisch legte, bevor er ins Bett stieg.

Der andere, ob's der Tiroler war oder der Vorarlberger, weiß man auch nicht, sagte: „Der Schinken riecht aber gut! Das ist ja ein Traum von einem Schinken."

„Ja", sagte der andere. „Aber weil du Traum sagst: Wär das nicht lustig, wenn wir um den Schinken wetten würden? Wer heute Nacht den schöneren Traum hat, darf den Schinken dann aufessen." Der andere stimmte zu.

In der Früh, als sie beide erwachten, sagte der eine zum andern:

„Jetzt erzähl. Was hast du geträumt?"

Da fing der andere an - ob es der Tiroler war oder der Vorarlberger, weiß man nicht, aber es war der mit dem Schinken: „In meinem ganzen Leben hat mir noch nichts so Schönes geträumt. In einem goldenen Wagen bin ich gefahren, mit seidenen Polstern drin. Also, das war was! Bis in den Himmel bin ich gefahren und hinein. Einen schöneren Traum kann einer gar nicht haben."

„Ja, ja", sagte der andere, ob's der Tiroler war oder der Vorarlberger, weiß man nicht, jedenfalls war es der, der den Schinken nicht gehabt hat. „Also", sagte er. „Ich hab dich in meinem Traum gesehen, wie du in einem goldenen Wagen mit seidenen Polstern zum Himmel fahrst. Und der heilige Petrus in eigener Person hat dich hineingeführt. Vor Freude, dass du es so schön hast, bin ich mitten in der Nacht aufgewacht. ‚Der hat's gut, der ist schon im Himmel', hab ich gedacht, ‚dort braucht er keinen Schinken mehr.' Und da hab ich den Schinken aufgegessen."

Ob das der Tiroler war, der der das geträumt hat, oder der Vorarlberger, das weiß man bis heute nicht.

Die musizierende Tanne

Ein Jäger ist einmal am Abend auf die Alp Bortnum gegangen. In der Nähe der Almhütte sah er ein zausiges, dürres Tannenbäumchen stehen. Um das Bäumchen herum war der Boden in einem Kreis zertrampelt. Der Jäger wusste, dass so ein zertrampelter Kreis nicht von selber kommt, und war neugierig, ob vielleicht das Nachtvolk es war, das in der Nacht hier getanzt hat.

„Das Nachtvolk möchte ich gern einmal sehen", dachte der Jäger. „Ich werde mich hier niederlegen und so tun, als ob ich schliefe. Aber das Nachtvolk ist nicht ganz geheuer. Ich suche mir meinen Schlafplatz lieber ein wenig abseits."

Der Jäger legte sich also ein wenig abseits und schlief dort wahrhaftig ein, obwohl er hatte wach bleiben wollen.

Um Mitternacht weckte ihn eine seltsame Musik. Er wandte sich vorsichtig zu dem zausigen Bäumchen hinüber, von wo die Musik kam. Da sah er das Nachtvolk. Es stellte sich unter dem kleinen Tannenbaum zum Tanzen auf, und dann fing die Musik erst richtig an. Der Jäger sah, dass der kleine Tannenbaum es war, der musizierte. Er bewegte jedes einzelne Ästchen, und auf jedem Ästchen saß eine Flöte oder ein Pfeiflein oder eine Klarinette. Und jedes Ästchen wiegte sich und spielte auf seinem Instrument liebliche Töne. Das Nachtvolk tanzte dazu einen Reigen um das Bäumchen, und dann tanzten sie wildere Tänze, aber immer manierlich. Paar um Paar trampelten sie fröhlich um das Bäumchen herum.

Da fing auf den Bergen rundum ein großes Miauen an und Katzen kamen von überallher, die hatten jede ein Fässchen Wein an den Schwanz gebunden. Nun begann ein so fröhliches Fest, dass der Jäger am liebsten mitgefeiert hätte. Vielleicht hätten sie ihn sogar eingeladen, wäre er zu ihnen hingegangen. Aber das tat er doch nicht.

Nachtvolk ist Nachtvolk, man weiß ja nicht, was passiert, wenn man ihm zu nahe kommt.

Nun saß der Jäger also und schaute und horchte und schlief plötzlich ein. Als er aufwachte, war es später Morgen, und das Tännlein stand dürr und zausig inmitten des Tanzplatzes und sah aus, als hätte es niemals musiziert.